Ninguém aprende samba no colégio

Christina Dias

Ninguém aprende samba no colégio

Christina Dias

Ilustrações
Dave Santana

GLOBOLIVROS

Copyright © 2013 Editora Globo S.A.
Copyright do texto © 2013 Christina Dias
Copyright da ilustração © 2013 Dave Santana

Todos os direitos reservados. Nenhuma parte desta obra pode ser apropriada e estocada em sistema de banco de dados ou processo similar, em qualquer forma ou meio, seja eletrônico, de fotocópia, gravação etc., sem a permissão dos detentores dos *copyrights*.

Editor responsável **Luciane Ortiz de Castro**
Editor assistente **Lucas de Sena Lima**
Editora de arte **Adriana Bertolla Silveira**
Diagramação e capa **Gisele Baptista de Oliveira**
Preparação **Évia Yasumaru**
Revisão **Erika Nakahata e Huendel Viana**
Projeto gráfico original do miolo **Laboratório Secreto**
Ilustrações **Dave Santana**
Imagem da página 52 **Acervo da Fundação Biblioteca Nacional – Brasil**

Texto fixado conforme as regras do Acordo Ortográfico da Língua Portuguesa (Decreto Legislativo nº 54, de 1995).

CIP-BRASIL. CATALOGAÇÃO NA FONTE
SINDICATO NACIONAL DOS EDITORES DE LIVROS, RJ

	Dias, Christina, 1966-
D531n	Ninguém aprende samba no colégio / Christina Dias. - 1. ed. - São Paulo : Editora Globo, 2013.
	il.

ISBN 978-85-250-5498-2

1. Literatura infantojuvenil brasileira. I. Título.

13-02897	CDD: 028.5
	CDU: 087.5

1ª edição, 2013

Editora Globo S.A.
Av. Jaguaré, 1.485 – 05346-902 – São Paulo – Brasil
www.globolivros.com.br

Para meu pai, César, que me ensinou a gostar de música.
Uma homenagem a sua memória.

Prefácio

Alô você que está com este livro nas mãos!

Certamente já conhece alguma canção de Noel Rosa, o nosso querido "Poeta da Vila" que foi promovido a "Poeta da cidade" após o lançamento de um CD com suas músicas, que saiu pela gravadora Biscoito Fino em 2010, em comemoração ao centenário do seu nascimento.

Noel amou de paixão o Rio de Janeiro, como se pode observar neste trecho de "Cidade mulher", alegre marchinha que tem uma linda letra:

> *Cidade notável,*
> *Inimitável,*
> *Maior e mais bela que outra qualquer.*
> *Cidade sensível,*
> *Irresistível,*
> *Cidade do amor, cidade mulher.*

Muito já se escreveu sobre o filho da professora Marta com o comerciante Manuel. Boêmio e homem de muitos amores, alguns até citados neste livro. O título *Ninguém aprende samba no colégio* é um trecho de "Feitio de oração", um apaixonado samba de Noel que nos leva a refletir a respeito da falta de informações sobre o samba nas nossas escolas. O samba, um dos símbolos do Brasil, tão emblemático quanto a nossa bandeira.

Noel de Medeiros Rosa nasceu no dia 11 de dezembro de 1910 em Vila Isabel, bairro chamado por muitos como "Terra de Noel", já que o compositor imortalizou esse lugar em primorosos sambas, como "Feitiço da Vila", "Palpite infeliz", "Três apitos"... Além disso, o compositor é idolatrado pelos seus conterrâneos e foi homenageado em vários desfiles da escola de samba do seu bairro, a Unidos de Vila Isabel.

No ano do centenário do seu natalício, desenvolvemos o enredo "Noel – A presença do poeta" e cantamos com muita euforia o samba-enredo já consagrado:

Se um dia na orgia me chamassem e com saudades perguntassem por onde anda Noel.

Com toda minha fé responderia: Vaga na noite e no dia, vive na terra e no céu.

Seus sambas muito curti com a cabeça ao léu.

Sua presença senti no ar de Vila Isabel.

Com o sedutor não bebi, nem fui com ele a bordel, mas sei que está presente com a gente neste laurel.

Veio ao planeta com os auspícios de um cometa naquele ano da Revolta da Chibata.

A sua vida foi de notas musicais. Seus lindos sambas animavam carnavais.

Brincava em blocos com boêmios e mulatas, subia morros sem preconceitos sociais.

Foi um grande chororô quando o gênio descansou.
Todo o samba lamentou.
Ô ô ô!
Que enorme dissabor! Foi-se o nosso professor.
A Lindaura soluçou e a Dama do Cabaré não dançou.
Fez a passagem pro espaço sideral mas está vivo neste nosso carnaval.
Também presentes Cartola, Araci e os Tangarás, Lamartine, Ismael e outros mais.
E a fantasia que se usa pra sambar com o menestrel tem a energia da nossa Vila Isabel!

É isso aí, leitor, ou melhor, é este aqui um livro que se deve ler e reler. Não vacile. Abra bem os olhos e viaje pelas páginas desta obra tão bem escrita pela gaúcha Christina Dias, que, com a história da jovem Amélia, reconta um pouco da história do nosso samba.

Garanto que, qualquer que seja a sua idade, certamente vai se emocionar com esta narrativa e se deliciar com as citações das composições que o genial Noel Rosa criou.

MARTINHO DA VILA
Sambista, compositor e escritor

O orvalho vem caindo,
Vai molhar o meu chapéu

Era assim o início da música que tocou no rádio naquela noite.

— O que é isso, dá pra trocar? — reclamou Amélia.

— Menina, você não sabe o que está perdendo — disse o motorista olhando pelo retrovisor —, é música de ouvir de olhos fechados e escutar a letra com atenção.

Amélia aproveitou a deixa e fechou os olhos, respeitando a vontade do taxista, que queria ouvir.

— O senhor sabe onde me deixar, né?

— Sei, sim, Amélia, dorme um pouco, te acordo na esquina.

Seu Francisco era um português que veio para o Brasil ainda menino com toda a sua família. Fez de tudo na vida e agora complementava a sua aposentadoria com

corridas de táxi nas madrugadas. As dificuldades que enfrentou na vida o aproximavam daquela letra.

Tenho passado tão mal:
A minha cama é uma folha de jornal!

Era vizinho de Amélia e acostumado a buscá-la nas noites em que se encontrava com os amigos em lugares mais distantes.

– Escuta, só, pois! – ele aumentou o volume para que Amélia pudesse ouvir melhor.

O final da música coincidiu com a chegada de Amélia à casa antiga onde morava com sua avó. Ela subiu a escada cantarolando. A avó, que cochilava no sofá, acordou com o barulho. Ela confiava no Seu Francisco e o conhecia desde que se mudou para o sul. Às vezes os dois saíam para buscar Amélia juntos e espiar as luzes do centro da cidade refletidas no rio. Ficavam de conversa lembrando músicas antigas e assuntos esquecidos.

Amélia era guardadeira de papeizinhos e restos de lápis e bilhetes e rótulos e embalagens. Guardava tudo como se soubesse que o tempo abriria uma janela de perguntas, um dia. A sua luminária dividia o espaço da cabeceira com o celular, que servia de despertador, e com uma caixinha de madeira forrada por um feltro roxo já gasto. Grudados por um verniz, havia alguns objetos na parte externa da tampa. Coisinhas da infância. Um anel quebrado, um pingente de bebê, um rostinho de boneca, uma chave de caixa de música, pedrinhas achadas, adesivos antigos e um dente, o primeiro que caiu. Os objetos enfeitavam a tampa da caixa feita pela Dinda. Era uma caixa especial, única.

Foi presente de sete anos, quando aprendeu a ler e mudou de escola. Ali estavam os papéis de carta e um caderninho antigo. O tempo já tinha manchado a madeira e desgastado o feltro, mas Amélia sempre guardava a caixinha, mesmo depois de tantas mudanças de casa.

Amélia levantou depressa, atrasada, pegou a camiseta do colégio e vestiu caminhando pelo corredor. Odiava se atrasar e fazer o que as professoras preparavam para os atrasados. Chegou ao colégio e o sinal já tinha tocado. Duas opções: chuva ou salinha. Ficou com a segunda. Quem sabe encontraria algum colega também atrasado para conversar. Isso às vezes acontecia e era bem bom.

Nesse dia foi diferente, não tinha ninguém. Só a salinha. Ela, a salinha e um som ambiente que toda salinha tem. A folha com o exercício já estava ali, os lápis e um sono imenso que ela levou junto para a escola naquela manhã.

Já tinha iniciado o exercício quando ouviu a música. Não era nada parecida com as músicas de que gostava. Melodia antiga, mas não era a primeira vez que a ouvia.

**Quem acha vive se perdendo
Por isso agora eu vou me defendendo
Da dor tão cruel desta saudade
Que por infelicidade
Meu pobre peito invade.**

Uma recordação antiga se acomodou na memória de Amélia. Ela completava os versos, conhecia a melodia. Era familiar aquela música.

**Batuque é um privilégio
Ninguém aprende samba no colégio
(...)
E quem suportar uma paixão
Sentirá que o samba então
Nasce no coração.**

Amélia ouvia e completava as rimas. Sabia palavras soltas dentro da letra. A música falava de saudade e ela sentiu uma falta de sabe-se lá o quê. Na folha anotou algumas frases bonitas e que pareciam conversar com ela. Esperou o locutor anunciar. A música se chamava "Feitio de oração" e o autor era Noel Rosa. Sabia desse nome. Tinha um disco dele na sua casa. Daqueles discos enormes que ninguém mais tem aparelho pra ouvir.

Lembrava-se de que, quando era pequena, tinha um cachorro chamado Noel. Sempre achou que era nome inventado esse. Mas não, o cachorro tinha nome de artista. Ficou sabendo ali. Depois de tanto tempo.

O que mais ela não sabia?

No segundo período foi para a sala de aula. Tinha apresentação de trabalho e levou o cartaz. O grupo todo estava preparado. Havia semanas o pessoal se ocupava da pesquisa para a apresentação. Era o dia. Imagina se ela não aparecesse com o cartaz? Todos olharam aliviados quando ela entrou na sala. Estava um pouco molhado nas pontas e até a tinta do título deu uma escorridinha. Num dia daqueles qualquer professor perdoaria, pensou. Só que ela esqueceu que a aula era do professor Ivan, que não perdoava nada. Ficava na gritaria e nem queria saber os motivos. O grupo tentava explicar e ele fazia que nem estava ouvindo.

– Não quero choro nem vela – ele repetia pela sala, reclamando que não estava caprichado, que era uma falta de respeito, que estava tudo errado, que ninguém merecia apresentar. O João, que era meio doido e muito inteligente, começou a apresentar mesmo sem o professor parar de reclamar. O trabalho era sobre ímã. O João inventou uma bússola e estava ensinando todo mundo a fazer. E o professor continuava brigando.

– Não quero choro nem vela – repetia.

Até que a turma pediu silêncio pra escutar a explicação do João. Ele explicava que tudo no mundo estava ligado. Que aquele ímã de nada na mão dele era atraído pelo polo norte. E isso não era brincadeira. Até o professor parou nessa hora. Nunca tinha pensado nisso, pareceu. O João terminou a explicação e a turma estava de olho atento em tudo. Mostraram o cartaz escorrido e todos adoraram. Os desenhos que a Marta fez ficaram lindos. Ela se inspirou na história dos polos que se atraem e fez umas imagens de várias coisas que parecem que não combinam, mas juntas dão certo.

O grupo ganhou o dia. Todos queriam ter uma bússola própria e pegaram a receita com o João.

Quando chegou em casa, Amélia foi para o quarto e pegou a folha do exercício que fez na salinha.

Releu a letra da música. "Ninguém aprende samba no colégio." Guardou essa frase. Tinha tanto o que aprender, mas, se não fosse no colégio, onde seria?

A frase do professor virou gíria na aula. Toda hora alguém dizia: "Não quero choro nem vela", quando

tinha reclamação. Uma noite Amélia atendeu o telefone e era a Marta. Elas começaram a discutir e no meio da conversa Amélia não se aguentou e disse:

– Nã, nã, nã, não quero choro nem vela.

As duas pararam a discussão e caíram na gargalhada. A avó, que ouviu tudinho, completou, cantando:

– Quero uma fita amarela, gravada com o nome dela.

Amélia nem sabia que aquela fala do professor tinha saído de uma música também, como o seu nome. "Amélia não tinha a menor vaidade, Amélia é que era mulher de verdade." Era assim a música de onde saiu seu nome, que ela não curtia muito, mas já estava acostumada.

Ela foi perguntar que música era aquela que a avó estava cantando. A avó aproveitou para cantar, entoando uma voz que Amélia ainda não conhecia.

Quando terminou a cantoria o olho da avó de Amélia brilhava muito, como se uma lembrança a tivesse tirado dali. Era melodia boa aquela e a voz era bonita que só ela. Amélia gostou de ouvir e descobriu, afinal, de onde o professor tinha tirado aquela frase.

– Pessoal, vocês nem vão acreditar. Aquela frase, lembram, não quero choro..., o professor Ivan tirou de uma música. Parece até mentira que o homem gosta de música.

E eles pensavam que aquele cara nem gostava de nada.

Amélia ensinou a melodia e os colegas combinaram que fariam como a avó. Assim que ele dissesse a frase, completariam cantando.

A Luísa não tinha feito o trabalho para entregar naquele dia e pediu para aumentar o prazo, para melhorar a nota, para não considerar e essas coisas. O professor interrompeu e começou o sermão do dia. Falou de tudo e a frase não vinha nunca. Nesse dia ele usou um vocabulário novo. Sem poesia.

— Por isso que as coisas estão desse jeito. Vocês acham que tem jeito pra tudo. Não sou do tipo que fica passando a mão sobre a mediocridade. Não vou espichar esta conversa.

Parecia que não era o dia, quando de repente:

— Não quero choro nem vela.

A turma, numa só voz, completou a canção confundindo a melodia, mas reproduzindo certinho o verso.

— Quero uma fita amarela. Gravada com o nome dela.

A Ju, que tem uma voz linda, fez uma segunda voz que chamou a atenção. O professor não pediu silêncio. Fez um olhar paralisante. Ele não disse nada, voltou a dar a aula e, na hora do sinal, saiu como sempre. Nenhum comentário, nenhuma briga, logo ele que era chegado numa confusão, num estresse. Nada. Foi embora e pronto.

– Vó, que música era aquela?

Achou que essa seria uma boa forma de introduzir o assunto da cantoria. A vontade era de perguntar direto onde ela tinha aprendido a cantar daquele jeito e o que fazia no passado, antes de ser avó em tempo integral. Não. Preferiu começar pela música.

– Que música, guria? A gente nem tem toca-discos.

– A música de ontem. A da fita amarela. Eu gostei.

– O nome é esse mesmo: "Fita amarela". Noel Rosa era o compositor.

De novo aquele nome? O mesmo nome do cachorro.

– Muitas músicas ele fez e morreu cedo. De tuberculose. Doença que matava muito na época. A pessoa morria de tosse. Doença de vagabundo, diziam. De artista.

Tinha mágoa na voz da avó enquanto contava essa história. Amélia não fez assunto, entendeu que era hora de pensar em coisas menos complicadas.

– O professor Ivan teve a ideia de incluir vocês no festival de música que vai acontecer no clube. O prêmio é uma cortesia na pizzaria do bairro para toda a turma. Os interessados devem buscar o regulamento na secretaria e escolher um coordenador para orientá-los.

Assim a turma foi recebida na escola naquela manhã. Festival de música. Nada mais brega do que isso.

Mas cortesia de pizza com toda a turma não era de se jogar fora. No recreio não falavam de outra coisa.

– Cantar em público? Que mico!

– Precisa de uniforme?

– Quem vai?

Começou a gritaria, quase todo mundo queria ir. Aí se tornou divertido. Na saída foram à secretaria buscar o regulamento e leram ali de pé, no corredor.

Tinha quinze dias até o final do prazo para a inscrição. Até lá teriam que decidir quem participaria, o nome do grupo, a música a ser cantada, quem acompanharia e o coordenador. Resolveram tentar. Combinaram de se encontrar na Marta para ler com calma e começar os trabalhos.

Na casa da Marta descobriram que era um concurso para homenagear músicas antigas e cantores esquecidos. Lupicínio Rodrigues, Ataulfo Alves, Vadico...

– Pera aí, que gente é essa?

– Que nomes são esses?

– Como uma mãe coloca esses nomes num bebezinho?

– Ataulfo!?

– E tem mais. Tem o Noel Rosa.

O que era aquilo? Perseguição. Nunca tinha ouvido tanto esse nome. Amélia não tinha outro pensamento.

– Amélia, não era esse o nome daquele teu cachorro? – disse Marta.

As duas se conheciam desde pequeníssimas, moravam uma ao lado da outra e brincavam juntas. O Noel as acompanhava. Vira-lata da gema que conhecia todos os mistérios da rua. Entre uma casa e outra havia um terreno baldio que era palco de um montão de ideias. O Noel se metia lá dentro e horas depois voltava todo lanhado. Quando crianças achavam que um monstro enorme morava lá, e o Noel o combatia para que não saísse e assombrasse os moradores. Mesmo pequeno, o cachorro era o herói das duas nas suas fantasias da infância.

– Era, sim. Ele era Noel.

A voz de Amélia era um desânimo só.

– E vocês nem sabem. A música que o professor canta é desse cantor aí. O Noel Rosa – completou Amélia.

Todos ficaram interessados em saber mais. Eles achavam que o professor ia fazer parte do júri e por isso não convidou o grupo diretamente. Pediu para a orientadora. Pensaram que esse cantor poderia ser o preferido do professor Ivan e seria uma ótima escolher uma música dele.

Eles aceitaram participar do festival e prometeram se preparar pesquisando a época das músicas.

A avó esperava Amélia com uma surpresa. Tinha comprado numa feirinha de antiguidades uma eletrola e pegou seus discos de vinil no quartinho dos fundos. A avó

gostava de guardar coisas, por isso tinha os discos embaladinhos com plástico e identificação em etiquetas.

Quando Amélia chegou da escola a avó esfregava um dos discos com força, na esperança de eliminar os arranhões. As duas começaram a ouvir as músicas sem falar nada.

– Vou mostrar a minha preferida. Chama-se "Feitiço da Vila".

Iniciando com chiado o disco rodou. Primeiro os instrumentos e, depois, a voz.

**Quem nasce lá na Vila
Nem sequer vacila
Ao abraçar o samba
(...)
São Paulo dá café
Minas dá leite
E a Vila Isabel dá samba!
(...)
Modéstia à parte,
Meus senhores,
Eu sou, eu sou, eu sou, eu sou, eu sou...**

Quase no fim o toca-discos tranca repetindo o último verso. Como ficar sabendo de onde ele era afinal?

– Da Vila – completou a avó, cantando. Seus olhos brilhavam de alegria de mostrar pra neta aquele tempo de tantas coisas.

– Ele está falando da Vila Isabel. Eu morei lá – disse a avó.

Naquela noite trocaram poucas palavras. A avó e a neta estavam próximas. Sem passado ou presente, criaram um elo de segredo, silêncio e melodia. Entre as duas havia algo novo. E bom. Era isso, ninguém aprende samba no colégio. Mesmo.

Estava decidido. Escolheriam uma canção do Noel Rosa para cantar. As provas já haviam terminado e podiam começar o trabalho de pesquisa. Amélia explicou que na sua casa tinha uma novidade e que gostaria que fossem lá pra ver. Combinou com a avó que mostrariam o aparelho e os discos para a turma.

Chegou o dia. Estava tudo preparado. A avó fez uma seleção de sambas pra mostrar.

"Conversa de botequim" foi a primeira. Numa das capas dos discos a letra dessa música estava escrita e o pessoal se pendurou num sofá para ler.

Começou.

**Seu garçom, faça o favor
De me trazer depressa...**

– Era engraçado esse Noel, hein?

– Não parece o João enganando o professor? Lembram o dia em que ele disse que não levou o trabalho e contava toda a pesquisa enquanto o professor reclamava? Ele fez como esse Noel. Dizia uma coisa e fazia outra.

A aula de História era a mais legal. A professora sempre trazia filmes e pessoas diferentes para a sala. Ela também era boa de conversa e meio fofoqueira. Não fofoca que atrapalha, mas fofoca das pessoas que fizeram a História. Sabia das manias do Napoleão, da Maria Antonieta, do Dom Pedro. As pessoas dos livros viravam gente de verdade e tudo ficava mais interessante.

Iniciou matéria nova naquele dia. Era o ciclo do café, do leite, Getúlio Vargas e a economia do Brasil quando Minas e São Paulo brigavam para ver quem era mais rico e mais encaixado na política de desenvolvimento. Essas coisas. Chamava economia do café com leite.

Foi a Marta que se lembrou da música.

São Paulo dá café,
Minas dá leite
E a Vila Isabel dá samba!

Era disso que Noel Rosa falava, então. Essa descoberta deixou a aula mais bacana ainda e deixou o Noel mais inteligente que o João. O que era quase impossível.

Esse era o tempo. Década de trinta. Como podia ser interessante alguém que falava de um tempo tão passado?

Mas era.

Amélia chegou em casa e a avó ouvia música naquela tarde. Muitas, umas engraçadíssimas. "A festa no céu" era uma delas. Os animais se reuniram para a festa e foram para o céu, onde tinha um piano. Quando chegaram lá São Pedro disse:

– Primeiro de abril!

Não tinha festa nenhuma. Era mentira.

– Até hoje a gente faz piada do dia primeiro de abril. Dia dos bobos. E na década de trinta já se fazia. Como tudo é tão parecido. O tempo passa e muitas coisas ficam para sempre.

Quando a próxima música começou a tocar, a surpresa foi maior. Era uma música que tocava no baile de carnaval da praia todo ano, desde que Amélia se vestia de baiana, bem pequena.

A estrela d'alva
No céu desponta
E a lua anda tonta...

"Pastorinhas". Esse era o nome da música e tinha mais uma parte, mas Amélia estava curiosa, abria janelinhas do passado cada vez que trocava a faixa da música para ouvir.

Um Pierrô apaixonado
Que vivia só cantando

Parecia que ela tinha voltado no tempo e estava dentro do salão outra vez. Na cacunda de alguém.

– Será que era a avó que me carregava?

Não lembrava. Fechou os olhos e deixou a música entrar na sua memória. O suor, um bolo de confete amassado na mão gordinha da infância, o calor dos ombros que a carregavam.

Foi retirada do seu sonho de passado quando tocou "Palpite infeliz".

Quem é você que não sabe o que diz?
Meu Deus do céu, que palpite infeliz!

A avó contou que Noel tinha feito essa letra em resposta a um amigo-inimigo que fez uma música dizendo que na Vila Isabel ninguém sabia fazer samba, que essa história era conversa fiada. Então, em vez de bater boca, eles ficavam fazendo música. "Palpite infeliz" continuava assim:

Que a Vila não quer abafar ninguém,
Só quer mostrar que faz samba também.

No final, os dois até fizeram música juntos e foram parceiros num namoro também. Os dois gostavam da mesma garota. A avó contou isso e Amélia pensou que deveria mostrar aquela também para a turma. Todas aquelas.

Ninguém aprende samba no colégio **31**

Depois de muito trabalho e discussões chegaram à conclusão de que a melhor de todas era "Conversa de botequim" e que dava até para fazer uma cena para acompanhar o coral.

Ficaram com a tarefa de procurar chapéus, casacos, brincos, objetos de época, coisas para o cenário.

A Marta lembrou que o avô dela tinha deixado de herança uma bengala com uma arma dentro. Era só desencaixar o cabo que uma faca superafiada saía. A Luísa disse que a sua mãe havia guardado os vestidos de festa da sua bisavó e que ela tinha usado um deles numa festa à fantasia num dia desses.

A turma estava animada com o trabalho e achou que nem seria tão difícil recolher tudo o que precisava. A professora estava disposta a ajudar pesquisando os acontecimentos do Brasil na década de trinta. Coluna Prestes, Copa do Mundo, Getúlio Vargas.

Tempo de mudanças por todo lado, aquele.

Tempo de mudanças, esse, dentro da cabeça de Amélia.

Todas as tardes quando Amélia chegava, havia música em casa. A avó se divertia escutando seus discos antigos.

Numa dessas tardes, quando a pesquisa já tinha começado, Amélia foi para o quarto da avó procurar por objetos antigos. Um lencinho já serviria. Remexeu os cabides, abriu o maleiro e lá no fundo tinha uma caixa espaçosa. Subiu no banquinho e começou a arrastá-la para frente até que chegou na pontinha da prateleira. Fez um esforço daqueles e conseguiu carregar a caixa até o meio do caminho entre o maleiro e o chão, onde tudo desmoronou, a começar pelo banquinho que a sustentava. Então foi uma suave chuva de papel sobre a sua cabeça.

Com o barulho do banco caindo, a avó veio socorrer. Vendo aquilo, ela ficou paralisada na porta do quarto. E disse que era hora de dormir e que poderia arrumar sozinha a bagunça não autorizada.

Amélia demorou pra dormir. A música anima a casa. Mas não deixou de pensar na papelada. A avó não ficou braba, mas não fez questão de que Amélia visse o que tinha ali.

Aquela caixa da avó fez Amélia lembrar-se da sua caixinha de guardados. Ela aproveitou a falta de sono para ler alguns dos seus papéis cheios de memória. Um caderninho antigo estava pronto para ser aberto. Cuidadosamente, Amélia tirou o lacre que prendia as folhas. Já na primeira página reconheceu a letra da avó.

"Para a minha netinha, com carinho. Para que guarde as suas lembranças e nunca se esqueça de ninguém."

Foi presente da avó, era certo. Continuou virando e tinha uma fotinho do seu pai ainda criança. A avó colou e fez uma margem com papéis coloridos. Tudo muito delicado. Amélia tinha poucas lembranças do pai. A avó preferia não falar do passado. Amélia respeitava.

Virando mais uma página, pôde ler:

Linda criança
Tu não me sais da lembrança
Meu coração não se cansa
De sempre e sempre te amar

Com amor
Para Amélia
Assinado: Oswaldo

O nome do pai entrou como música no ouvido de Amélia naquela noite. Oswaldo. Uma marchinha de carnaval. Era isso. Voltou para o caderninho, olhou a foto do seu pai e disse alto como se não estivesse sozinha:

– Era ele quem me carregava nos ombros naquele baile.

Agora tinha certeza. Visitar o passado. Esse foi o convite do Festival.

A professora de História dedicou um tempo do seu período para que os grupos pudessem se organizar. Decidiram quem cantaria e quem atuaria na apresentação. Precisavam de mesa, copos, taças, travessas, coisas de bar. Além das coisas que apareciam na música: cinzeiro, cabide, jornal, uma bandeja. Enquanto alguns cantavam no fundo os outros faziam a cena. A Ju conseguiu um vestidão longo com um turbante, o João achou um chapéu de palha, moda que os homens usavam e um casaco todo amassado de linho. Faltava ainda a roupa do garçom.

E muito ensaio.

A professora sugeriu algumas coisas para o arranjo.

Levou uns instrumentos. Os guris conheciam violão e pandeiro. Ela trouxe um amigo que tocava cavaquinho para compor a banda. A turma toda se apaixonou pelo samba e descobriu de onde tinha saído o pagode, que era tão ouvido e cantado nas noites que organizavam.

Amélia sabia que seu fim de semana seria cheio de descobertas.

– Vó, fala um pouco do pai?

A avó olhou para Amélia.

– Me conta alguma história?

Amélia sentiu que o assunto era complicado ao ver a avó oferecer a caixa de guardados para desviar a atenção.

– Vó, não muda de assunto.

– Não estou mudando. Confia em mim.

As duas foram ao quarto. A avó mostrou uns recortes.

– Esse aqui, na foto, não te lembra ninguém?

Era um homem de gravatinha fina, preta, um casaco branco meio amassado e um chapéu. Amélia desconfiou dos segredos da avó. Será que ela foi transformista e se vestia de homem e estava naquela enrolação pra contar isso?

– Vó, é a senhora vestida de homem?

– Não, minha filha, não é isso. Tu não sabes quem é esse aqui?

– Não. Nunca vi.

– Esse é o Noel Rosa. Vocês não viram nenhuma foto dele? Ninguém mostrou?

Amélia já estava craque em algumas canções, mas nunca tinha visto a cara do Noel, nem como se vestia. Era uma foto com muita gente. Noel tinha um cigarro na mão e um violão na outra. E muitas pessoas ao redor.

– Agora que já viste o Noel, olha quem mais tem ao redor.

Amélia não conhecia ninguém. Eram músicos, bailarinos e artistas da época. Parecia um clube.

– Essa aqui sou eu – falou a avó apontando para uma morena de cabelos soltos e um vestido longo. Abraçada num dos músicos.

Amélia não fez mais nenhuma pergunta. Ficou com medo das respostas. Precisava de um tempinho para entender o que tinha acontecido que ela não sabia nada, nadinha, da vida de ninguém. Como a sua avó poderia

estar ali, no meio daquela gente? Com aquele vestido e aquele cabelo?

Ficou parada na frente da foto. Não mexia nem os olhos.

— E esse é o Vadico — disse a avó apontando para o homem que estava ao seu lado.

Amélia nem perguntou quem era, mas lembrou que o professor tinha falado nesse nome. Amélia sentiu que agora era a sua vez de mudar de assunto e saiu do quarto.

Amélia chegou à escola querendo saber tudo sobre o tal Vadico. Foi direto conversar com o professor Ivan, que adorava as músicas daquela época. Ele explicou que Vadico foi um pianista muito importante, parceiro do Noel Rosa nas suas principais composições, inclusive na música que tinham escolhido para cantar: "Conversa de botequim". O professor emprestou um disco com as composições dos dois. Amélia escutou no recreio e descobriu que "Feitio de oração" era dele também.

Foi para a biblioteca e, antes mesmo de abrir o livro, começou a calcular:

— Que idade a vó tinha naquela foto?

— Que idade ela tem agora?

— Quantos anos teria meu pai?

— Será que naquela foto a minha vó tem a idade que eu tenho agora?

Descobriu que o nome do tal Vadico era Oswaldo. Descobriu que ele morou nos Estados Unidos e fez sucesso junto com a Carmen Miranda e até fez filme com o Zé Carioca. Sabia que a sua avó nunca tinha saído do Brasil. Sabia que a sua avó tinha uma voz linda. Sabia que ela tinha chamado o seu filho com o nome daquele cara.

Descobriu que não sabia nada.

A cara da professora quando viu o ensaio foi incrível. Sabiam que estava interessante e que a pesquisa foi bem-feita. As roupas, algumas originais, fizeram o pessoal que assistia viajar no tempo. Todos estavam viajando, é verdade, e às vezes dava mesmo vontade de chorar, pensava Amélia enquanto ouvia os comentários e sugestões da professora emocionada.

O professor Ivan, que organizava tudo, também gostou, mas não podia opinar, dava para notar. Ele era da comissão julgadora e adorava Noel Rosa.

Terminou a aula e Amélia voltou para casa a fim de conversar e descobrir tudo. Abriu a porta e a avó já estava esperando por ela com tudo preparado. A avó também queria contar. Foi o que Amélia pôde entender ao perceber a caixa com os guardados da avó aberta sobre a mesa, as fotos enfileiradas ao redor da caixa e os discos organizados esperando para serem ouvidos.

As duas sentaram ao redor da mesa e começaram a conversa.

— Nasci no Rio de Janeiro, lá tudo era música, tudo era poesia. Berço da arte. Tinha uma voz bonita e bem afinada, minha neta. Conheci um pessoal logo que entrei pro ginásio. Tinha doze anos quando cantei em público e fui aplaudida. Comecei a pular a janela pra participar das festas. Eu sempre fui grandona e enganava bem com os penteados e as roupas. Gostava da música. Então me apaixonei. Ninguém entendeu. Eu era uma menina. Mas me apaixonei. Ele era mais velho, tocava piano e eu adorava vê-lo tocar. Ele não era meu namorado, nem coisa nenhuma. Mas do meu coração ele tomou conta. Seu nome era Oswaldo e eu adorava cantar as suas canções. Minha família se mudou. Eu fiquei. Consegui um emprego como garçonete num dos botequins da época só pra continuar ouvindo e cantando. Comecei a cantar profissionalmente e consegui uns trocados cantando no rádio. Aquela turma passou, mas eu nunca os esqueci. Também não casei. Tive na verdade um namorado que eu gostei. Eu já era velha pra essas coisas de ser mãe, mas engravidei. Nasceu o teu pai, que chamei de Oswaldo, em homenagem àquele grande amor que tive e que me ensinou a gostar de música. O tempo passou. Teu pai cresceu e, como história é coisa que se repete, engravidou uma mulher que ele mal conhecia, mas que passou a ser muito importante para nós. Era a tua mãe. Foram nove meses de surpresas. Eram jovens e tinham medo do futuro, mas resolveram te esperar. Até o acidente. Nesse dia eu resolvi me mudar para o sul para cuidar de ti. Cheguei de mala e cuia, como se diz, e desde lá...

A avó continuou falando e o som da voz se transformou num ruído enchendo a sala, como uma melodia que embalava o passado e escancarava segredos. A avó, percebendo o olhar distante da neta, disse:

– Pronto, falei. Tenho esta carta para te dar. Teu pai escreveu um dia, sem motivo nenhum. Nunca li. Achei que deveria guardar.

A avó entregou a cartinha e ficou em silêncio, esperando a reação da neta. Amélia estava imóvel. Assustada e imóvel.

A conversa estava terminada. Amélia não conseguiu abrir a carta. Fechou os olhos ainda ali, sentada ao lado da avó, e só conseguiu fazer uma pergunta:

– Por que a música saiu desta casa quando eu cheguei?

Era, enfim, o dia da apresentação. O nervosismo tomava conta do grupo. O salão da escola estava enfeitado, a comissão julgadora, sentada em mesas especialmente dispostas para que não perdessem nenhum detalhe. Tudo pronto. A professora de História tentava nos acalmar contando histórias engraçadas.

– Conhecem a música "Com que roupa?", do Noel Rosa? Sabem? – provocava ela, numa tentativa de desviar a atenção.

– Pois essa música ele escreveu já muito doente. O médico avisou que ele não poderia sair, ir para a boemia. A mãe dele resolveu sumir com todas as roupas de dentro de casa. Assim, sem ter o que vestir, ele não poderia sair. Então ele compôs este samba. A letra dizia assim:

**Com que roupa que eu vou
Pro samba que você me convidou?**

A professora não era muito afinada, mas a melodia fez o pessoal cantarolar junto, e o João, que tocava pandeiro, começou a dar um ritmo. No final estavam todos repetindo o refrão.

A professora conseguiu. Estavam mais calmos e prontos para entrar no palco.

A avó de Amélia já estava na plateia e tinha levado umas amigas para assistir à apresentação. Eram as amigas do jogo. Toda quinta-feira se reuniam para jogar cartas e General, um jogo de dados.

Escureceu a plateia e o sinal tocou forte, avisando que estava na hora.

O arranjo ficou lindo. Começava com um violão sozinho enquanto a turma ia entrando como clientes que chegam a um botequim de verdade. Depois um cavaquinho incrementava o som, um pandeiro vinha de leve e, por fim,

um piano engrossava a melodia. O pessoal cantava como se estivesse conversando. As roupas, os objetos, a louça, tudo da época. Estavam na década de trinta.

Um espetáculo e tanto. Foram aplaudidos de pé.

No alto, no que seria a porta do botequim, uma placa que a Marta fez com pirógrafo:

BOTEQUIM DA CECI

Esse era o nome do grande amor que Noel Rosa teve na vida. Muitas das suas músicas foram dedicadas a ela. "Será que esse Vadico teria dedicado alguma canção para a minha avó?" Amélia pensava nisso enquanto, de mãos dadas com os outros atores, agradecia pelos aplausos na beirinha do palco. Um sucesso.

Tinha aprendido tanto, conhecido tanta gente, descoberto tantas coisas. Era hora de ser outra e já nem se importava com o que pensariam sobre ela, seu pai e sua avó.

O João chegou para cumprimentá-la pela apresentação e dividir a sua alegria. Amélia o abraçou e percebeu que estava diferente mesmo. E isso era bom.

O resultado do concurso só saberiam no outro dia. A avó e Amélia voltaram para casa caminhando e conversando sobre a noite e as outras apresentações. O pessoal arrasou na escolha das músicas. A comissão julgadora teria uma longa noite de discussão.

Amélia entrou no quarto, cansada, pegou o ingresso do festival e colou na sua caixinha de madeira e lembranças. Na colagem, alguns objetos antigos foram cobertos, não tinha espaço para tudo.

Sentiu que essa era a hora. Abriu a caixa e pegou a carta do seu pai. Estava lacrada. Pegou uma espátula e abriu o envelope num rasgo longo.

Começou a leitura ainda sentada junto à escrivaninha. Escolheu posição confortável, pois sabia que era leitura longa, cheia de recomeços e pensamentos misturados.

Amélia, esta é uma carta de despedida. Tenho medo das palavras e de tudo o que sinto. Tenho culpas terríveis e muito medo da tristeza. Invento segredos e histórias para disfarçar a dor. Mas resolvi me despedir da mentira. Preciso contar. Por muito tempo escondi a verdade, escrevia cartas imitando a letra para fingir. As cartas, as histórias e até alguns telefonemas, tudo mentira. Não podia suportar te dizer. Desde muito cedo somos só nós duas. Nunca mais tive notícias do seu pai. Até hoje as espero.

Desculpa, minha querida, mas não pude te dizer de outro jeito. Por favor, perdoa.

Da avó que te ama.

Amélia entendeu tudo, mas seria difícil perdoar. Ficou em silêncio naquela noite. Nem música pôde ouvir.

Chegou o dia da premiação. Todos foram para o ginásio da escola, preparados para reapresentar, caso vencessem. Seu Francisco levou os instrumentos de carro para que pudessem chegar mais rápido. Sentaram nas arquibancadas na espera do resultado. Primeiro foi o Hino Nacional, depois o da cidade, por último o da escola. Ninguém aguentava mais tanto hino. A diretora falou, o coordenador do projeto falou. Então mostraram um documentário sobre o surgimento do samba e do chorinho no Brasil. O coração acelerava a cada minuto.

O filme acabou, todo o estádio aplaudiu com a intenção de saber logo o resultado. Não deu. A comissão julgadora resolveu fazer um discurso demonstrando o sucesso do projeto e a plena participação da escola e a qualidade dos trabalhos e blá-blá-blá. Até que chegou a hora.

Coube ao professor Ivan anunciar os vencedores. Veio com um papo de que não poderiam premiar ninguém, pois todos se destacaram e o pessoal começou a se remexer na plateia, achando que era papo demais e desconfiando que tinham mudado as regras. Mas não.

O professor Ivan começou a dizer que três grupos tinham se destacado e que seria difícil decidir sem o auxílio da plateia. Para isso chamaram um técnico em som que gravaria as três apresentações. Durante uma semana elas tocariam na rádio comunitária e os ouvintes poderiam votar na canção preferida.

As músicas eram: "Aquarela do Brasil", de Ary Barroso, "Carinhoso", de Pixinguinha, e "Conversa de botequim", de Noel Rosa.

O pessoal do grupo levantou as mãos num gesto aliviado e apavorado ao mesmo tempo. Teriam quinze minutos para se organizar e começar as gravações. A professora de História resolveu se aproximar para dar um apoio.

Construíram uma sala acústica num dos vestiários. Os grupos eram chamados para a gravação porque ninguém podia assistir. Os organizadores do festival contrataram um DJ para fazer um festão enquanto os grupos gravavam. Toda a escola ganhou com o festival, enquanto as três turmas acumulavam nervosismo.

Gravaram e foram para a festa se divertir um pouco.

Amélia tinha as respostas. Não perdoou como a avó pediu, mas tinha uma calma agora. Era um quebra-cabeça onde a última peça foi colocada. O mapa da sua infância estava completo. Decidiu que assim que terminasse o festival conversaria com a avó. Não queria mais segredos. Nem mentiras.

Queria que todos soubessem, queria ser inteira. Pegou a foto da avó com os amigos no jornal, colou sobre um papel firme e escolheu um porta-retratos grande para colocá-la ali. Depois foi até a estante da sala e estampou a foto entre os enfeites. O passado enfeitando a sala. Missão cumprida. Desvendar segredos e aproveitá-los depois.

Agora ela queria ganhar o festival.

Comemorar com todos e abraçar o João daquele jeito outra vez.

Durante a semana as músicas tocaram no rádio. A avó deixava sintonizado todo o tempo e cantava junto sempre que a música começava. O vencedor seria aquele que recebesse mais telefonemas e por isso naquela semana nem teve jogo de carta na casa da avó. Todas as amigas passaram a tarde telefonando para a rádio e votando na música "Conversa de botequim". A reunião foi na casa da avó, que nem se preocupou em esconder a foto. Deixou ali. Para quem quisesse ver. E viram.

Cada uma das amigas também fez campanha entre os seus amigos e uma rede de telefonemas se formou. Até o seu Francisco participou mandando recados de todos os telefones dos pontos de táxi onde parava. A vizinhança toda se animou com a música e fizeram até banner para botar nas janelas.

SINTONIZE NA 88.3 E VOTE
EM "CONVERSA DE BOTEQUIM"

As pessoas cantarolavam na rua. A avó contou que o sonho de Noel Rosa sempre foi ver sua música no assobio das pessoas. E foi isso que aconteceu naqueles dias.

Não se sabe se o pessoal da rádio desconfiou das ligações, mas o fato é que o grupo de Amélia ganhou o festival.

Seu Francisco levou a avó para casa naquela noite. O pessoal todo foi para a pizzaria e lá fizeram um brinde ao Noel, seu Botequim e ao colégio que, ao contrário do que pensava Noel, conseguiu ensinar samba.

Amélia tinha aprendido muitas coisas. Entre elas uma nova trilha sonora para os seus pensamentos.

Depois do jantar, voltou pra casa. O João a acompanhou.

Ela subiu a escada sozinha. Com o barulho dos passos a avó abriu a porta, deixando escapar o som da música que ouvia.

Amélia entrou, beijou a avó, dançou no meio da sala e agradeceu em silêncio a música que voltou a tocar dentro da sua casa.

Noel Rosa

Em 11 de dezembro de 1910 nasceu Noel de Medeiros Rosa. O nome foi escolhido pelo pai, mobilizado pelo amor à França e pela proximidade entre o nascimento do filho e o Natal. O poeta nasceu e viveu no Rio de Janeiro, mais precisamente na Vila Isabel. A casa onde morou deu lugar a um prédio que hoje leva o seu nome. O parto do garoto de quatro quilos foi difícil, e os médicos tiveram que utilizar o fórceps para retirá-lo do ventre estreito da mãe. Esse aparelho acabou fraturando o maxilar de Noel. Ainda criança realizou duas cirurgias para reparar o problema. Sem sucesso. O queixo ralo acabou por se tornar uma das suas características marcantes. Além do queixo assimétrico, uma paralisia parcial do seu rosto dificultava a alimentação, ocasionando pouco ganho de peso e uma saúde debilitada desde cedo. A mãe, professora, ensinou Noel a ler ainda antes de ingressar na escola. Durante sua vida escolar recebeu muitos apelidos em função do formato do seu rosto, entre eles, "Queixinho". Quando jovem engravidou uma moça e foi pressionado a casar-se com ela. A gravidez não chegou ao final devido a um aborto espontâneo. A esposa se chamava Lindaura e foi ela que cuidou de Noel nas inúmeras crises que teve em decorrência da tuberculose.

Noel gostava de festas e da boemia. Inúmeros registros fotográficos e testemunhais relatam a frequência de Noel Rosa em botequins e bares, sempre na companhia de mulheres e muita música. Não se preocupava com a saúde e, mesmo com sinais claros de tuberculose, continuava participando de saraus e festas. A cada tentativa da família de levá-lo para repousar em algum lugar afastado das badalações cariocas, mais uma razão Noel encontrava para se divertir. Cada novo lugar era uma nova oportunidade de encontrar parceiros e motivos para criar. Em pouco tempo já se ambientava e encontrava amigos com quem pudesse tocar e se divertir.

Em 4 de maio de 1937 não resistiu a uma crise ocasionada pela tuberculose e faleceu na cidade do Rio de Janeiro, aos 26 anos.

Desde então inúmeras biografias e diversos filmes, livros e regravações das suas composições foram realizados. É considerado um dos principais compositores brasileiros.

Letras

Festa no céu

O leão ia casá
Com sua noiva leoa
E São Pedro, pra agradá
Preparou uma festa boa
Mandou logo um telegrama
Convidando os bicho macho
Que levasse todas dama
Que existisse cá por baixo.
Pois tinha uma bela mesa
E um piano no salão.
Findo o baile, por surpresa,
No banquete do leão.
Os bicho todo avisado
Tavam esperando o dia,
Tudo tava preparado

Para entrá enfim na orgia.
E no tar dia marcado
Os bicho tomaram banho;
Foram pro céu alinhado
Tudo em ordem por tamanho:
O mosquito entrou na sala
Com um charuto na boca,
Percevejo de bengala
E a barata entrou de touca.
Zunindo qual uma seta
Veio o pinguim do Polo,
O peixe de bicicleta
Com o tamanduá no colo;
O siri chegou atrasado
No bico do passarinho
Pois muito tinha custado
Pra botá seu colarinho.
E o gato foi de luva
Pra assistir o casório;
Jacaré de guarda-chuva
E a cobra de suspensório;
O porco de terno branco
Com um sapato de sola
E o tigre de tamanco
De casaca e de cartola.
De lacinho à borboleta
Veio o veado galheiro
E o burro de luneta
Montado num carroceiro;

O macaco com a macaca
Com o *rouge* pelo focinho
Estava engraçada a vaca
De porta-seio e corpinho.
Vou breviá o discurso
Pra não dizê tanto nome:
Lá foi a muié do urso
De cabeleira *à la homme*.
Quando o leão foi entrando,
São Pedro muito se riu
E pros bicho foi gritando:
"Caiu, primeiro de abril!".

1929

O orvalho vem caindo
(com Kid Pepe)

O orvalho vem caindo,
Vai molhar o meu chapéu
E também vão sumindo
As estrelas lá no céu...
Tenho passado tão mal:
A minha cama é uma folha de jornal!

Meu cortinado é o vasto céu de anil
E o meu despertador é o guarda civil...
(Que o salário ainda não viu!)

A minha terra dá banana e aipim,
Meu trabalho é achar quem descasque por mim...
(Vivo triste mesmo assim!)

A minha sopa não tem osso nem tem sal,
Se um dia passo bem, dois e três passo mal...
(Isto é muito natural!)

1933

Feitio de oração
(com Vadico)

Quem acha vive se perdendo
Por isso agora eu vou me defendendo
Da dor tão cruel desta saudade
Que por infelicidade
Meu pobre peito invade.

Por isso agora
Lá na Penha vou mandar
Minha morena pra cantar
Com satisfação...
E com harmonia
Essa triste melodia
Que é meu samba
Em feitio de oração.

Batuque é um privilégio
Ninguém aprende samba no colégio
Sambar é chorar de alegria
É sorrir de nostalgia
Dentro da melodia.

O samba na realidade
Não vem do morro nem lá da cidade
E quem suportar uma paixão
Sentirá que o samba então
Nasce no coração.

1933

Feitiço da Vila
(com Vadico)

Quem nasce lá na Vila
Nem sequer vacila
Ao abraçar o samba
Que faz dançar os galhos
Do arvoredo
E faz a lua
Nascer mais cedo!

Lá em Vila Isabel
Quem é bacharel
Não tem medo de bamba
São Paulo dá café,
Minas dá leite
E a Vila Isabel dá samba!

A Vila tem
Um feitiço sem farofa
Sem vela e sem vintém
Que nos faz bem...
Tendo nome de Princesa
Transformou o samba
Num feitiço decente
Que prende a gente...

O sol da Vila é triste
Samba não assiste

Porque a gente implora:
Sol, pelo amor de Deus,
Não venha agora
que as morenas
Vão logo embora!
Eu sei por onde passo
Sei tudo que faço
Paixão não me aniquila...
Mas tenho que dizer:
Modéstia à parte,
Meus senhores,
Eu sou da Vila.

1934

Conversa de botequim
(com Vadico)

Seu garçom, faça o favor
De me trazer depressa
Uma boa média que não seja requentada,
Um pão quente com manteiga à beça,
Um guardanapo
E um copo d'água bem gelada.
Fecha a porta da direita
Com muito cuidado
Que não estou disposto
A ficar exposto ao sol.
Vá perguntar ao seu freguês do lado
Qual foi o resultado do futebol.

Se você ficar limpando a mesa,
Não me levanto nem pago a despesa.
Vá pedir ao seu patrão
Uma caneta, um tinteiro,
Um envelope e um cartão.
Não se esqueça de me dar palitos
E um cigarro pra espantar mosquitos.
Vá dizer ao charuteiro
Que me empreste umas revistas
Um isqueiro e um cinzeiro.

Telefone ao menos uma vez
Para 34-4333

E ordene ao seu Osório
Que me mande um guarda-chuva
Aqui pro nosso escritório.
Seu garçom me empresta algum dinheiro
Que eu deixei o meu com o bicheiro,
Vá dizer ao seu gerente
Que pendure essa despesa
No cabide ali em frente.

1935

Pastorinhas
(com João de Barro)

A estrela d'alva
No céu desponta
E a lua anda tonta
Com tamanho esplendor...
E as pastorinhas
Pra consolo da lua
Vão cantando na rua
Lindos versos de amor.

Linda pastora
Morena da cor de madalena
Tu não tens pena
De mim
Que vivo tonto com o teu olhar.
Linda criança
Tu não me sais da lembrança
Meu coração não se cansa
De sempre e sempre te amar.

1934

Palpite infeliz

Quem é você que não sabe o que diz?
Meu Deus do céu, que palpite infeliz!
Salve Estácio, Salgueiro, Mangueira,
Oswaldo Cruz e Matriz
Que sempre souberam muito bem
Que a Vila não quer abafar ninguém,
Só quer mostrar que faz samba também.

Fazer poema lá na Vila é um brinquedo,
Ao som do samba dança até o arvoredo.
Eu já chamei você para ver,
Você não viu porque não quis
Quem é você que não sabe o que diz?

A Vila é uma cidade independente
Que tira samba mas não quer tirar patente.
Pra que ligar a quem não sabe
Aonde tem o seu nariz?
Quem é você que não sabe o que diz?

1935

Com que roupa?

Agora vou mudar minha conduta
Eu vou pra luta
Pois eu quero me aprumar.
Vou tratar você com a força bruta
Pra poder me reabilitar,
Pois esta vida não tá sopa
E eu pergunto: com que roupa?

Com que roupa que eu vou
Pro samba que você me convidou?
Com que roupa que eu vou
Pro samba que você me convidou?

Agora, eu não ando mais fagueiro,
Pois o dinheiro não é fácil de ganhar.
Mesmo eu sendo um cabra trapaceiro
Não consigo ter nem pra gastar,
Eu já corri de vento em popa
Mas agora com que roupa?

Eu hoje estou pulando como sapo
Pra ver se escapo
Desta praga de urubu.
Já estou coberto de farrapo,
Eu vou acabar ficando nu,
Meu terno já virou estopa
E eu nem sei mais com que roupa.

1929

Pierrô apaixonado
(com Heitor dos Prazeres)

Um Pierrô apaixonado
Que vivia só cantando
Por causa de uma Colombina
Acabou chorando,
Acabou chorando.

A Colombina entrou no botequim,
Bebeu... bebeu... saiu assim... assim...
Dizendo: Pierrô cacete
Vai tomar sorvete
Com o Arlequim!

Um grande amor tem sempre um triste fim
Com o Pierrô aconteceu assim:
Levando esse grande chute
Foi tomar vermute
Com amendoim!

1935

Fita amarela

Quando eu morrer
Não quero choro nem vela,
Quero uma fita amarela
Gravada com o nome dela.

Se existe alma,
Se há outra encarnação,
Eu queria que a mulata
Sapateasse no meu caixão.
(Oi, sapateia... sapateia...)

Não quero flores,
Nem coroa com espinho,
Só quero "choro" de flauta,
com violão e cavaquinho.
(Quando eu morrer...)

Estou contente,
consolado por saber
Que as morenas tão formosas
a terra um dia vai comer.

Não tenho herdeiros,
não possuo um só vintém
Eu vivi devendo a todos
mas não paguei a ninguém.

Meus inimigos que hoje falam mal de mim
Vão dizer que nunca viram uma pessoa tão boa assim.

1932

Christina Dias nasceu em Porto Alegre, em 1966. Formada em letras e especialista em psicopedagogia, é professora, escritora e se dedica a realizar palestras, debates e oficinas sobre literatura. Christina tem mais de dez livros publicados e já recebeu o Prêmio Açorianos de Literatura Infantil, o Prêmio FNLIJ e foi finalista do Prêmio Jabuti. *Ninguém aprende samba no colégio* é seu primeiro título lançado pela Globo Livros.

Este livro, composto na fonte Fairfield, foi impresso em
papel pólen bold 90 g/m² na gráfica Imprensa da Fé.
São Paulo, Brasil, novembro de 2013.